DIX ANS

DE

DICTATURE OPPORTUNISTE

PAR

FRANÇOIS BONJEAN

Publiciste

Rédacteur du *Réveil du Midi*

———

PRÉFACE DE M. ALFRED NAQUET

Sénateur de Vaucluse

PRIX : 25 centimes

Envoi *franco* par la poste, contre 30
centimes en timbres-poste

AVIGNON

IMPRIMERIE SPÉCIALE DU *RÉVEIL DU MIDI*

12-14, Place Saint-Didier

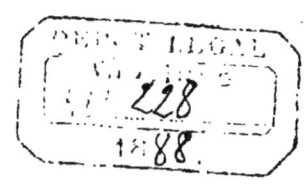
LES

DOUZE MINISTÈRES

DE JULES GRÉVY

1879-1887

DIX ANS

DE

DICTATURE OPPORTUNISTE

PAR

FRANÇOIS BONJEAN

Publiciste

Rédacteur du *Réveil du Midi*

———

PRÉFACE DE M. ALFRED NAQUET

Sénateur de Vaucluse

AVIGNON

IMPRIMERIE SPÉCIALE DU *RÉVEIL DU MIDI*

12-14, Place Saint-Didier

LETTRE-PRÉFACE

DE M. ALFRED NAQUET

Paris, le 15 novembre 1888.

Mon cher M. Bonjean,

J'ai lu avec un vif intérêt les épreuves que vous avez bien voulu me communiquer de votre brochure : *Dix ans de dictature opportuniste, ou les Douze ministères de Jules Grévy.*

Votre exposé historique est clair, succinct, précis, et il montre clairement le peu qu'a produit le parlementarisme depuis 12 ans qu'il existe.

Si l'on en excepte le divorce, que j'ai réussi à faire voter, en me soustrayant aux conditions ordinaires de ce fatal régime, et en agissant comme tous seraient forcés d'agir sous un régime réprésentatif à l'américaine ;

Si l'on en excepte encore les réformes scolaires qui lui étaient imposées par l'opinion publique, et qu'il a fallu d'ailleurs conquérir pied à pied, on peut à peu près dire qu'il n'a rien fait du tout.

Et ce qu'il y a de plus grave, c'est que c'est la faute au système bien plus qu'aux hommes. Je vois souvent nos amis attaquer le personnel politique, et on le conçoit, irrités qu'ils sont par les accusations, les injures, les infamies, dont ce personnel n'est pas avare à notre égard.

Et cependant, lorsqu'on est de sang froid, faut-il reconnaître que les hommes sont pour bien peu de choses dans le mal dont nous souffrons, et que l'outil y est pour presque tout.

Ce personnel gouvernemental a été depuis quinze ans à peu près ce que sont les personnels gouvernementaux dans tous les pays. Il a contenu des hommes convaincus et des ambitieux vulgaires, des hommes de talent et des vaniteux sans valeur, des citoyens dévoués et probes et des tripoteurs intéressés. Il en a été de même dans tous les temps, dans tous les milieux, et il est probable qu'il en sera toujours de même parce que l'homme ne deviendra jamais ange.

Mais il y a des régimes qui réfrènent les mauvais côtés des hommes et qui en exaltent les qualités, qui poussent à une sélection bienfaisante des intelligences, des capacités.

Il en est d'autres qui exaltent les mauvais penchants des individus, en stérilisant au contraire les bons, et qui, en fait de sélection, n'ouvrent la carrière qu'à la sélection rétrograde et ne font émerger que les médiocrités.

Le parlementarisme appartient à cette dernière catégorie et c'est pour cela qu'il nous ruine, nous déshonore et nous tue.

Révisez la Constitution, remplacez le régime parlementaire par un régime approprié à la démocratie, et tout ira bien.

Ce vice du parlementarisme, vous l'avez fait ressortir dans votre *conclusion*, et je suis heureux de vous dire qne je considère votre travail comme de nature à faire beaucoup de bien.

J'en accepte toutes les vues sauf celle qui es*t* relative à l'élection des juges. Sur ce point je suis résolument en désaccord avec vous.

La loi étant faite au centre par la nation entière, je ne puis pas confier à des collectivités parcellaires, à des circonscriptions électorales, le droit d'en régler l'application. Là où la collectivité parcellaire serait en désaccord avec le pays, la loi resterait lettre morte. Et notez que ce serait partout : la loi étant générale est, en effet, nécessairement une œuvre de transaction entre les diverses parties de la France, œuvre qui ne satisfait complètement aucune de ces parties,

Notez en outre que si le député représente un parti, une idée, qu'il ne représente pas ses adversaires, qu'il n'est pas tenu à l'impartialité.

Notez que, par contre. le juge est tenu à l'impartialité absolue vis-à-vis de tous, et qu'il y a là un motif pour ne pas donner au juge la même origine qu'au député.

Or, avec l'élection, l'impartialité du juge est bien difficile pour ne pas dire impossible. Supposez que, chef du comité qui aura fait élire un juge, j'aie un procès avec le chef du comité opposé ; quelle impartialité puis-je attendre de celui que j'aurai peut-être combattu avec la passion que nous voyons se produire dans toutes les luttes électorales ? aucune.

Que si même le juge est un ange, que s'il oublie les outrages et les injures, pour ne voir que ce qui est juste, il suffira que la justice soit du côté de ses amis, pour que personne ne veuille croire à son impartialité. On dénoncera dans son jugement des mobiles intéressés, *bien qu'il n'y en ait pas* ; le respect de la justice sera dans tous les cas compromis.

Enfin, l'expérience des Etats-Unis prouve que l'élection des juges produit des résultats détestables. En Amérique, on tend à corriger ces tristes effets en faisant élire les juges pour des périodes de temps qui confinent à l'inamovibilité. Et c'est quand la grande République se transforme sur ce point en se rapprochant de nous, que, sous prétexte de réforme, nous irions au système qu'elle tend de plus en plus à abandonner.

Croyez moi, cher monsieur, Grévy avait raison : « changer n'est pas toujours réformer. » Il y a des changements qui, bien loin d'être des réformes, sont des aggravations. L'élection de la magistrature serait un changement de cette dernière espèce.

A part ce point où je ne vois pas les choses sous le même angle que vous, j'approuve votre brochure d'un bout à l'autre, et j'éprouve le désir de vous le dire.

Veuillez agréer, mon cher M. Bonjean, l'expression de mes meilleurs sentiments.

A. NAQUET.

DIX ANS

DE

DICTATURE OPPORTUNISTE

———

LES

DOUZE MINISTÈRES DE JULES GRÉVY

1879-1887

LE BUT DE CETTE BROCHURE

Au moment où Jules Grévy est tombé du Pouvoir, il m'a semblé utile de faire un retour en arrière et d'examiner brièvement ce qui avait été fait. De là l'idée de cette brochure. Mon but est de permettre aux électeurs de juger, en toute connaissance de cause, les hommes qui ont été appelés, depuis 1879, à la tête du gouvernement.

En voyant ce qui a été fait, ils comprendront ce qu'on aurait pu faire.

Et aux prochaines élections, — qui seront les grandes assises populaires de 1889. — ils sauront donner leur confiance à de vrais et loyaux républicains.

Leur verdict signifiera:

République démocratique, en harmonie avec les principes de liberté, d'égalité et de solidarité, qui sont la raison d'être et la gloire de la Démocratie française.

République réformatrice, qui cesse de perpétuer, sous l'étiquette républicaine, les errements, privilèges et monopoles, des régimes déchus.

République libérale, qui soit non plus l'oppresssion au bénéfice d'une coterie, mais l'Egalité dans la Liberté.

C'est cette République démocratiquement réorganisée et assise ainsi sur des bases désormais indestructibles, qui seule peut aspirer à réunir un jour tous les Français sous les plis de son drapeau.

FRANÇOIS BONJEAN.

MINISTÈRE WADDINGTON

Coup d'œil rétrospectif sur les plans

de Bismarck

Il n'est pas un citoyen français s'occupant tant soit peu de politique, qui ne sache que c'est à la suite des élections sénatoriales du 5 janvier 1879 — lesquelles donnèrent la majorité aux républicains — que le maréchal de Mac-Mahon, de mémoire légendaire, se voyant en opposition d'idées avec les Chambres et en conflit avec l'opinion publique, fut obligé de donner sa démission.

C'est le 30 janvier que Jules Grévy, alors président de la Chambre des Députés, fut élu pour la première fois par le Congrès à la Présidence de la République, avec 563 voix sur 713 votants, pour une durée de sept années.

Le premier acte de Jules Grévy, en arrivant à la Présidence de la République, fut d'offrir à M. Dufaure, qui occupait le poste de premier ministre depuis le 14 décembre 1877, avec Marcère, Bardoux, Léon Say et Waddington, de garder la présidence du Conseil. Sur son refus, basé sur ce que, dit-il, « à des situations nouvelles, il faut des hommes nouveaux », Grévy composa un ministère dont Waddington, ministre des affaires étrangères, fut le chef. [5 février 1879].

C'était ce même Waddington qui avait représenté si piteusement la France au Congrès de Berlin.

Qu'on me permette, à ce propos, de jeter un coup d'œil en arrière sur les plans de Bismarck à notre endroit, tels qu'ils se sont dévoilés à la fin de ce fameux Congrès de Berlin, dans la conversation, désormais historique, qu'eut le prince de Bismarck avec notre plénipotentiaire, Waddington.

« Mon cher ambassadeur, — lui dit en substance le vainqueur de Sedan, — croyez-moi, vous autres français, vous êtes des esprits trop chagrins et trop rancuniers. Vous ne pouvez vous décider à pardonner à l'Allemagne la perte de l'Alsace-Lorraine. Il vous semble que tout est perdu depuis le désastre de Sedan. Et pourtant, considérez un peu votre situation géographique ! La France, telle qu'elle est, ayant un pied dans la Méditerranée, un pied dans l'Océan Atlantique, un autre dans la mer du Nord, a devant elle tout un monde qui s'offre à sa conquête. La Tunisie vous tend les bras ! — Que parlez-vous donc de revanche, alors qu'il vous est si facile de rattraper, au delà des mers, en colonies si florissantes, ce que vous avez perdu en Europe ? »

Et Waddington, se pâmant d'aise, fit savoir au gouvernement que Bismarck voulait bien consentir à ce que nous allions en Tunisie. Ce fut là, on peut le dire, le premier pas qui devait nous mener jusqu'au Tonkin. En effet, à dater du jour où la République abandonna le système du recueillement et de l'expectative à l'extérieur, les journaux allemands nous couvrirent de fleurs, eux qui jusqu'alors avaient gardé une attitude provocante à l'égard de notre pays. C'est que, jusqu'à ce jour, l'Allemagne avait vu avec une secrète jalousie notre armée réorganisée, nos finances prospères, nos forteresses relevées, nos arsenaux remplis de canons, notre marine remise en état; en un mot, notre situation de grande puissance reconquise dignement, à force d'économie et de travail.

Et il se doutait bien, le chancelier prussien, que du jour où nous nous serions mis en tête de faire des expéditions lointaines, ruineuses et sanglantes, nous serions affaiblis en face de l'Europe. L'avenir lui a donné raison. Après la Tunisie, le Tonkin, la Chine, l'Annam, le Cambodge et Madagascar. Notre armée a été, de nouveau, désorganisée : notre mobilisation compromise ; nos ressources, déjà si prospères, ont été promptement épuisées. Dès lors, les journaux de Berlin n'ont plus eu pour vous que des louanges, des félicitations, dont l'ironie n'aurait pas dû nous échapper. Et c'est celui qu'on nous présente comme un profond génie, comme un grand homme d'Etat, Jules Ferry, en un mot, qui a été assez naïf pour se laisser prendre aux déclarations hypocrites et mielleuses de l'Allemagne !! Dites plutôt que c'est lui qui a fait le jeu de Bismarck, en employant dans des expéditions sans profit pour nos intérêts et notre honneur, les forces vives de la Patrie!

On verra, dans les pages suivantes, les combinaisons machiavéliques de Bismarck, exécutées inconsciemment par les peu malins opportunistes.

Cela établi une fois pour toutes, revenons au ministère Waddington. C'est à lui que l'on doit la création d'un ministère des postes et télégraphes (6 février.)

Cochery, qui devait prendre racine sur ce siège nouveau, fut le titulaire heureux de ce poste important, où les circonstances l'ont fait si longtemps inamovible.

C'est à cette époque également que remonte l'inauguration du gouvernement civil en Algérie. Ce fut le frère du Président de la République, Albert Grévy, qui fut installé dans la place le 16 février.

Le ministre de l'instruction publique déposa sur le bureau de la Chambre un projet de loi sur une nouvelle organisation du conseil supérieur de l'instruction publique, et un autre sur la liberté de l'enseignement supérieur.

Puis vint une loi d'amnistie partielle en faveur des condamnés pour participation à la Commune, le 21 février.

Sur ces entrefaites, mourut le jeune Louis-Napoléon, tué dans une reconnaissance faite avec les Anglais dans la guerre contre les Zoulous dans l'Afrique centrale.

Peu après cet évènement, le Congrès, réuni à Versailles, décidait le retour des Chambres à Paris, le 19 juin. Et le 27 novembre, les pouvoirs législatifs faisaient leur entrée dans la capitale.

PREMIER MINISTÈRE DE FREYCINET

Le ministère Waddington avait vécu. Il cédait la place à un premier ministère de Freycinet le 29 décembre.

Le projet de loi sur l'enseignement supérieur vint en discussion au Sénat ; ce dernier rejeta le fameux article 7, qui interdisait toute participation à l'enseignement aux membres des congrégations non reconnues par l'Etat. Quelques jours après, le 16 mars 1880, la Chambre des députés votait un ordre du jour invitant le ministère à rendre un décret ordonnant la dispersion des jésuites et des congrégations non autorisées. — Ce décret était rendu le 29 mars et exécuté le 30 juin. — On votait ensuite une loi d'amnistie complétant les grâces et amnisties déjà accordées aux citoyens condamnés pour participation à la Commune, le 10 juillet.

Quatre jours après, la célébration du 14 juillet, anniversaire de la prise de la Bastille, — déclarée fête nationale, — avait lieu pour la première fois. A cette occasion, le gouvernement de la République fit distribuer des nouveaux drapeaux à l'armée. Le mois suivant, après un voyage de Jules Grévy à Cherbourg, où il passa en revue notre flotte, l'annexion de Taïti et des îles de la Société, en Océanie, s'opérait sans effusion de sang ; ces îles nous étaient cédées par Pomaré V, leur souverain.

On ne pensait pas encore, à ce moment là, aux conquêtes sanglantes et meurtrières, qui devaient devenir, avec l'arrivée au pouvoir de Jules Ferry, la plus belle pensée de l'opportunisme !

Au mois de septembre suivant, à la suite du commencement d'exécution du deuxième décret du 29 mars, M. de Freycinet donna sa démission au président de la République.

PREMIER MINISTÈRE JULES FERRY

LE MINISTÈRE GAMBETTA

dit le Grand Ministère

Le néfaste Jules Ferry fit, à ce moment, sa première apparition à la présidence du Conseil (22 septembre 1880.)

On sait quelle fut l'idée première de ce trop fameux ministre. A peine installé aux affaires, il nous gratifia de la légendaire expédition des Kroumirs, qui se termina par la guerre de Tunisie suivie du traité du Bardo.

C'était le commencement de l'ère des aventures, où nous poussait Bismarck.

Malgré tout ce qu'on a pu dire, en dépit des belles harangues de Jules Ferry au sujet de la Tunisie, on peut affirmer que cette expédition, qui inaugura pour nous la série des conquêtes ruineuses, n'a guère rapporté qu'une chose à la République Française : c'est la rancune de l'Italie.

Après les élections législatives du 21 août 1881, le ministère Ferry était virtuellement démissionnaire. Il dut, bien à regret, céder la place à Gambetta, le 14 novembre.

Chacun se rappelle, à coup sûr, combien fut éphémère le passage du dictateur au pouvoir. Le 25 janvier 1882, Gambetta était renversé par un vote de la Chambre affirmant la plénitude des droits du Congrès, et ses préférences marquées pour l'adoption du projet de *revision intégrale* de la Constitution. — Ferry alors, dans la coulisse, poussa de toutes ses forces au renversement de Gambetta, dont il se disait cependant l'ami et le soutien. — Et c'est cette même Chambre qui devait, moins de trois ans après, se contredire formellement, en adoptant le projet de *révision limitée*, ou plutôt de révision pour rire, que devait lui imposer son seigneur et maître, Jules Ferry.

Je ne puis m'empêcher d'émettre ici une réflexion qui m'est souvent venue à l'esprit en songeant à ces deux hommes, Gambetta et Jules Ferry. C'est que ce dernier qui se dit — bien à tort, selon moi — le continuateur de la politique de Gambetta, n'a jamais fait que de la *réaction* sous le masque de l'opportunisme. Le grand tribun, lui, disait du moins : « Lentement, mais sûrement. ». Tandis que Jules Ferry est le partisan de cette politique de stagnation et de piétinement sur place que répudie si énergiquement le pays. C'est Gambetta qui a, le premier, annoncé et voulu *l'installation de la démocratie aux affaires*. Tandis que le gouvernement des ferrystes n'a été qu'une oligarchie méfiante à l'égard de la masse des travailleurs, auxquels il a refusé toute satisfaction.

SECOND MINISTÈRE DE FREYCINET
MINISTÈRES DUCLERC ET FALLIÈRES

Après la chute de Gambetta, ce fut M. de Freycinet qui revint au pouvoir, le 30 janvier, avec l'éternel Ferry et l'orléaniste Léon Say comme collaborateurs. C'est sous ce ministère que surgit la fameuse question égyptienne, qui finit par mettre à terre M. de Freycinet, le 29 juillet de la même année.

Ce fut Duclerc qui accepta les lourdes responsabilités de la situation, après huit jours d'hésitations bien légitimes, c'est-à-dire le 7 août seulement.

Sur ces entrefaites, mourut Gambetta, le 31 décembre. — Duclerc s'était montré trop incapable pour pouvoir rester aux affaires, et il se vit forcé d'abandonner le pouvoir.

On était alors au commencement de l'année 1883. Ce fut M. Fallières qui prit la présidence du Conseil [29 janvier.] Mais il ne tarda pas à succomber sous le poids trop lourd, pour lui, du pouvoir.

Au bout d'un mois à peine, Fallières tombait sur la question brûlante des prétendants.

On se souvient, en effet, que la loi Fabre sur les prétendants, votée à la Chambre, avait été repoussée au Sénat.

SECOND MINISTÈRE JULES FERRY
dit le « long Ministère »

Ici, nous arrivons à une date à jamais mémorable : celle où la France républicaine eut la joie (?) de voir Jules Ferry s'installer de nouveau aux affaires [22 février 1883.]

Il est bon de rappeler, en commençant, quelle fut tout d'abord la composition de ce *long ministère*, qui s'est vu modifier plusieurs fois dans quelques-uns de ses membres. — Nous verrons ensuite tout ce que nous devons à cet homme, dont le règne a duré en proportion du mal qu'il a fait au pays, et du tort qu'il a porté à la République.

MM.

JULES FERRY. ..... Présidence du conseil et instruction publique.

CHALLEMEL-LACOUR. ..... Affaires étrangères.

WALDECK-ROUSSEAU. .... Intérieur.

MARTIN-FEUILLÉE. ..... Justice.

GÉNÉRAL THIBAUDIN. ..... Guerre.

CHARLES BRUN. .... Marine.

TIRARD. ... Finances.

RAYNAL. ... Travaux publics.

HÉRISSON. .... Commerce.

MÉLINE. .... Agriculture,

COCHERY. .... Postes et télégraphes.

Le premier acte du « long ministère » Ferry devait être un décret mettant en non activité, par retrait d'emploi, les princes ayant un grade dans l'armée française. Le général Thibaudin, alors ministre de la guerre, eut l'honneur de contresigner ce patriotique décret, qui fut approuvé par la Chambre des députés au moyen d'un vote de confiance.

Mais, hélas! cette belle ardeur à servir la République n'était qu'une manière adroite de s'amener la confiance du pays, pour pouvoir le mieux tromper ensuite. — Et bientôt Ferry repentant jugea bon de faire ses excuses aux d'Orléans. — C'est ainsi que l'honorable général Thibaudin fut sacrifié aux basses vengeances et aux mesquines rancunes de ses ennemis. On prit pour lui succéder à la guerre le général Campenon. — De cette façon, le Vosgien n'eut plus rien à craindre de ce côté-là. Thibaudin, qui donnait tout son temps à la surveillance de nos frontières de l'Est, sans cesse convoitées par l'Allemagne ; Thibaudin, qui s'était refusé à aller saluer à la gare du Nord, dans son uniforme de chef de l'armée française, le colonel de uhlans qui nous arrivait tout fraîchement casqué de Berlin ; Thibaudin, qui veillait avec un soin jaloux à la sécurité de nos institutions menacées par les factions monarchiques ; Thibaudin, qui avait eu le tort immense, aux yeux de Jules Ferry, de représenter la politique avancée dans ce ministère orléaniste, devait fatalement être sacrifié par le chef tout-puissant du ministère. — Puis, ce fut le tour du ministre des affaires étrangères, Challemel-Lacour. — Jules Ferry voyait avec peine qu'un autre que lui eût la charge de diriger la politique extérieure du gouvernement. Il n'avait point ainsi la liberté nécessaire pour mener les choses à sa façon.

Il prit donc le titre de ministre des affaires étrangères, qu'il ambitionnait depuis longtemps déjà, tous les hommes d'Etat un peu importants, dans notre société contemporaine, ayant tenu à occuper cette haute fonction. — Enfin le ministre de la marine fut également sacrifié, sans doute parce qu'on ne le trouvait pas assez résolu à poursuivre la politique d'aventures. Et ce fut l'amiral Peyron qui remplaça M. Charles Brun à la marine.

Telle fut la fin malheureuse du premier essai de commandement civil au ministère de la marine et des colonies. — A ce moment-là, Jules Ferry, n'ayant plus de collaborateurs gênants à ses côtés, crut pouvoir entreprendre toutes les aventures que lui suggérait son ambition. Et l'expédition du Tonkin, dès lors, marcha bon train.

De même que l'inexplicable expédition des Kroumirs avait abouti à la guerre de Tunisie, l'*expédition du Tonkin* devait forcément aboutir à la guerre, plus folle encore, contre la Chine.

Et tandis que Bismarck, fidèle au plan qu'il s'était tracé depuis le Congrès de Berlin, nous faisait d'une main prodiguer les

éloges et les félicitations les plus affectées par ses journaux officieux, il envoyait de l'autre des officiers allemands instruire les
troupes chinoises auxquelles il fournissait des canons pour nous
battre. L'Angleterre elle-même, poussée par lui, fournissait
aussi des officiers instructeurs et des munitions au Céleste-
Empire. De sorte que nos deux ennemies, l'Allemagne et l'Angleterre, aidaient hypocritement, par derrière, à nos revers et à
notre ruine, tout en protestant *officiellement* de leurs sentiments
amicaux à notre égard.

Ajoutez à cela la guerre contre les Hovas, ou, si vous aimez
mieux, l'*expédition de Madagascar*. Ajoutez-y encore l'*importation
du choléra*, qui nous arriva du Tonkin par le transport *La Sar-
the*, revenant de la guerre de Chine, et qui nous a coûté des mil_
liers et des milliers d'hommes et de l'argent en proportion.
Joignez-y enfin la liberté individuelle foulée aux pieds, la can-
didature officielle la plus éhontée, les manœuvres les plus basses
employées contre les vrais républicains, et vous n'aurez pas encore épuisé les innombrables attentats qu'a commis le ministère
Jules Ferry contre la souveraineté nationale.

Vote des conventions avec les chemins de fer

Une des lois les plus antirépublicaines, sans contredit, qui
aient été votées sous le ministère du Tonkinois, ce sont les
conventions avec les chemins de fer, que MM. Ferry et Raynal
ont fait voter à leur majorité docile, et qui nous ont coûté, pour
la première année, **65 millions,** pour la seconde année **104
millions,** et cette année même **86 millions** de garantie d'intérêts, pris dans les caisses de l'Etat, c'est-à-dire dans la poche
des contribuables, pour mettre dans la caisse des grandes
Compagnies.

Sous l'ancien régime, les curés et les nobles qui levaient les
dîmes sur nos pères couraient au moins la chance des bonnes et
des mauvaises années ; et quand la récolte manquait, la part du
noble et du curé se réduisait à proportion. La féodalité financière

s'est mise à l'abri de ces mauvaises chances et, grâce aux opportunistes, les grands seigneurs de la voie ferrée ne cesseront de prélever leur revenu garanti de 10 1[2, (une jolie dîme!) et quand les recettes des marchandises et des voyageurs ne suffiront pas, la bourse des contribuables est là qui répond de tout et qui est chargée de former l'appoint.

Ainsi donc, au moment même où les nations qui ne possèdent pas leurs chemins de fers sont en train de les racheter ; alors que des charges trop lourdes déjà pèsent sur le travail national, entravant la marche des affaires, paralysant les efforts du commerce et de l'industrie, achevant de ruiner l'agriculture ; alors que nous avons besoin, à tout prix, d'une politique d'économie ; qu'imagine ce profond politique qui a nom Jules Ferry?

Va-t-il chercher à diminuer les impôts?

Loin de là, il en annonce d'autres, déclarant dans la Commission du budget que la création d'impôts nouveaux sera nécessaire *après les élections!* Et, en attendant, il songe à aggraver encore les charges qui pèsent si durement sur le marché français, en renouvelant le monopole des grandes Compagnies. C'est ainsi qu'avec les nouveaux tarifs acceptés par le gouvernement, le commerce français paye 30 à 40 0/0 plus cher de transports que les autres nations de l'Europe. — C'est ainsi que par les fameux *tarifs* dits *de pénétration*, nous payons 40 à 50 0/0 plus cher pour exporter nos produits à l'étranger, que l'étranger ne paye pour importer les siens chez nous ! —

Qu'on me permette de citer quelques exemples à l'appui :

Ainsi, les bœufs expédiés de Milan arrivent à Paris, à moitié moins de frais que ceux expédiés du Charollais et du centre de la France.

Des négociants de St-Etienne, de Lyon, etc., envoient leurs marchandises en Suisse pour les faire expédier de là sur le Hâvre, Bordeaux ou Marseille, au lieu de les envoyer directement dans ces ports. Ils gagnent ainsi jusqu'à 0,20 centimes par kilog. sur les frais de transport.

Citons enfin ce fait inouï, que des charbons allemands, voyageant sur des lignes françaises, paient de 30 à 80 0/0 meilleur marché que nos charbons nationaux ! ! Mais les chiffres ont bien plus d'éloquence. En voici quelques-uns :

Charbons allemands [Cologne Paris, tarif kilométrique]... **0.038**
Charbons français [Lille à Paris]. . . . · **0,074**
     —   [Cie de Lyon]. **0,049**
     —   (Cie d'Orléans). **0,088**

Les tarifs de pénétration ruinent donc lentement, mais sûrement notre industrie. C'est ainsi que la féodalité financière, à laquelle nous ont livrés Ferry et sa majorité, fait payer un impôt inique, monstrueux, antipatriotique au travail national, en décharge nt d'autant le travail de l'étrang r, ce qui nous prépare, pour l'avenir, des chômages de plus en plus longs, de plus en plus fréquents pour nos travailleurs écrasés par la concurrence étrangère.

Telles sont ces *conventions* que l'on a justement appelées *scélérates*. Un dernier mot à ce sujet :

« Les véritables ennemis, ce sont ceux qui dominent dans la « haute Banque, qui commandent dans presque toutes les gran- « des compagnies et qui sentaient que la démocratie avait le « droit d'arrêter le torrent des dividendes ; les ennemis sont, en « un mot, les favoris du monopole et des abus, etc., etc. »

C'est par cette belle tirade que, le 3 mai 1882, à Bordeaux, M. David Raynal terminait un discours à ses électeurs.

Un an plus tard, le même Raynal faisait les conventions avec les grandes compagnies ! !

Non seulement au point de vue économique, mais encore au point de vue des intérêts de la défense nationale, ces fameuses Conventions ne pouvaient avoir que des résultats néfastes pour le pays. Et cependant il s'est trouvé au Parlement une majorité pour les voter ! Majorité, on peut le dire, sans conviction, et que le ministère a obtenue par la seule menace d'une démission.

Laisant, dans son journal la *République radicale*, publia, au lendemain de ce vote, un article méprisant pour la majorité en question, qu'il osa publiquement traiter d'*infâme*.

C'est à cette occasion, en effet, qu'éclata plus que jamais à tous les yeux le scandale d'une Assemblée lâchement inféodée à un homme.

Y a-t-il pourtant, je vous le demande, un plus misérable système que celui qui consiste à ne pas voir les choses, les faits, les principes, pour ne considérer que les personnes? Eh quoi! un ministère vient vous dire : « Vous allez voter cette loi, sinon je me retire. » Et vous, députés de la race de Lilliput, au lieu de répondre : « Allez au diable! » vous adoptez la loi que vous savez détestable, mais que des ministres amis vous proposent! Alors pour qui travaillez-vous? Est-ce pour le pays, ou simplement pour une dizaine d'hommes? — Vous a-t-on envoyés à Paris, pour être des agents d'affaires de quelques détenteurs de maroquins, ou pour faire les affaires de la nation tout entière?

Quoi donc! un député qui a le souci de la dignité de son titre de représentant du peuple, et qui conserve encore, dans notre temps corrompu, cette moralité politique qui est la base et le fondement nécessaires à une démocratie libre et maîtresse d'elle-même — l'honorable M. Lockroy, — à ce moment à la tribune, vient vous parler des intérêts suprêmes de la patrie, qui ont été négligés complètement dans les conventions que l'on discute; et vous autres, pour faire comme Raynal, qui, autrefois, était pour le rachat des chemins de fer, et qui soutient aujourd'hui le renouvellement du monopole scandaleux des Compagnies, vous osez ricaner sur vos bancs, comme si M. Baudry-d'Asson vous parlait de *la paille humide du Vatican*, ou l'évêque d'Angers du *Syllabus*!

L'Allemagne, croyez-le bien, si elle eût osé le faire, vous eût tous couronnés de fleurs, le jour où vous avez trahi ainsi les intérêts de la défense nationale!

Loi sur la réforme judiciaire

Examinons brièvement la *loi sur la réforme judiciaire*, promise au pays pendant tant d'années, et, hélas! si tristement faite.

Voici à peu près en quoi consiste cette étonnante *réforme* (?) imaginée par le ministère Ferry.

On a diminué le nombre des Chambres dans les Cours et Tribunaux, d'où, naturellement, diminution du nombre des juges. On a élevé le traitement de ces derniers et on a suspendu l'inamovibilité de la magistrature pour une période de trois mois, pendant laquelle on s'est livré à une *épuration* plus opportuniste encore qu'opportune. En effet, on s'est borné à révoquer des magistrats bonapartistes, pour mettre à leur place des orléanistes plus ou moins déguisés. Et c'est par cette comédie que l'on a voulu faire croire au pays qu'on avait opéré une réforme !

Ce qu'il fallait faire, c'était supprimer l'inamovibilité, ce principe d'essence monarchique qui doit logiquement disparaître d'une loi réellement démocratique. Puis, réduire au minimum possible le *nombre des Cours et Tribunaux ; supprimer ou tout au moins réduire considérablement les frais de justice*, qui empêchent trop souven que justice soit rendue aux pauvres gens, qui préfèrent ne pas s'adresser à l'autorité judiciaire que de risquer d'y manger tout leur avoir, même en gagnant leur procès.

Enfin, *rendre au peuple le droit d'élire ses juges*, comme on lui reconnaît celui de nommer ses représentants législatifs.

Alors, mais alors seulement, l'on pourra dire que la réforme judiciaire est accomplie.

Jusque-là, nous ne considèrerons cette loi d'expédient que comme une duperie et ceux qui l'ont conçue que comme des réactionnaires cachés sous l'étiquette républicaine.

La farce du Congrès

Arrivons immédiatement à la farce grotesque du Congrès, qui fut jouée d'une façon si saugrenue, à Versailles, par Ferry et sa majorité. Le titre de cette comédie était : la *Révision*.

Dans la première séance de l'Assemblée nationale, (comme l'écrivit Rochefort à cette époque , « quand on vit sortir du centre des gens distribuant des listes qui contenaient, imprimés d'avance, les noms des membres de la Commission révision-niste, désignés par ordre de Jules Ferry, les cris de dégoût et de colère qui furent proférés sur les bancs de la Gauche honnête, prirent les proportions d'un tremblement de terre, et sans l'inter-vention exaspérée de M. Clémenceau, on allait voter tout de suite. »

Et Rochefort ajoutait :

« Le pays connaît maintenant le contrat passé entre Jules Ferry et les droites monarchiques du Sénat, représentées par le duc de Broglie, un des escarpes du Seize-Mai, que la Chambre aurait dû envoyer au bagne, et qu'elle s'est contentée de flétrir. Car chacun sait que l'exécution de ce traité s'est solennellement affirmée dans plusieurs votes, entre autres celui refusant d'écar-ter les princes d'Orléans de toute fonction électorale ou élec-tive. »

On objectera peut-être que Jules Ferry a fait inscrire dans la Constitution une clause qui interdit de discuter désormais la forme du gouvernement républicain ? — Nous demanderons alors ce que ce même Jules Ferry aurait bien pu faire, dans le cas où les élections auraient donné la majorité aux monarchistes ?

Une autre Chambre ne pourrait-elle pas, à son tour, deman-der la réunion du Congrès, où elle réviserait quand même ce que la précédente Assemblée aurait déclaré irrévisable ?

Alors, à quoi bon cette clause absurde ?

La seule réforme qui eût pu faire pardonner à Jules Ferry l'avortement de la révision sur toutes les autres, c'eût été le vote de *l'élection du Sénat par le suffrage universel*, pour arriver à sa suppression.

— Eh bien ! ce minimum des revendications républicaines, les opportunistes l'ont repoussé, et ils ont répondu insolemment au suffrage universel, qui est leur maître, par le vote méprisant de la *question préalable*.

Chute de Jules Ferry

La chute de Jules Ferry est présente à la mémoire de tous. Le vote du 30 mars 1885, qui a été un vote de propreté natio nale, renversait enfin du pouvoir le représentant de la politique de la fourberie et de l'humiliation nationale.

Voici ce que disait M. Ribot à la tribune, dans la séance à jamais mémorable où Jules Ferry eut la douleur et la honte de voir ses meilleurs amis l'abandonner, sous le coup de l'humiliant désastre de Lang-Son :

« Nous ferons tous les sacrifices nécessaires, — disait il, — nous les ferons sur la demande du cabinet qui prendra demain la responsabilité si lourde de la situation présente, quels que soient d'ailleurs les dissentiments politiques qui, sur certains points, pourraient nous séparer de lui, à la condition qu'il affirmera nettement, sans aucune faiblesse, à cette tribune, qu'il est résolu à défendre dans leur intégrité l'honneur et les intérêts du pays.

Mais cet effort nécessaire, *le cabinet qui est sur ces bancs ne peut plus*, je ne dirai pas seulement après **les fautes qu'il a commises,** mais après le langage qu'il vient de tenir à cette tribune, *le cabinet ne peut plus le demander* à la Chambre ni au pays.

C'est la première fois qu'un cabinet placé dans une situation aussi grave est venu dire à une Chambre : « Je vous demande de m'accorder 200 millions de crédits et **en même temps je ne demande pas à la Chambre sa confiance.**

C'est la première fois qu'un cabinet a pris devant un Parlement français une semblable attitude.

Eh ! monsieur le président du conseil, quand même, oubliant toutes vos fautes, nous vous accorderions ces crédits, que pourriez-vous faire à cette heure? Quelle autorité vous resterait-il non pas pour négocier aujourd'hui avec la Chine (il n'en saurait être question), mais pour parler au pays lui-même, à qui nous avons à demander une nouvelle preuve de son énergie et de son patriotisme ? **Vous sentez que les fautes que vous avez accumulées depuis quelques mois** vous font un devoir de laisser à d'autres le soin de les réparer.

Vous ne pouvez à cette heure que vous retirer. Vous le devez à la Chambre que vous avez entraînée à votre suite, sans lui dire avec assez de franchise où vous la conduisiez. Vous le devez à la République, à qui vous venez d'infliger la première humiliation. Vous le devez enfin surtout à la France, qui est prête à faire tous les sacrifices, mais à qui vous ne pouvez plus à cette heure parler avec autorité.

C'est pourquoi je demande à la Chambre de voter l'ordre du jour suivant :

« La Chambre, résolue à faire tous les sacrifices pour maintenir l'intégrité de l'honneur national, BLAME LES FAUTES COMMISES. regrette de n'avoir pas connu jusqu'ici toutes les fautes commises et passe à l'ordre du jour. »

Voilà comment un membre du centre gauche, un modéré, signalait à la réprobation publique M. Jules Ferry, ses collaborateurs et leur détestable politique.

Qu'il nous suffise de rappeler, en terminant, que le *Taghlatt*, journal officieux de Berlin, avec bien d'autres de ses confrères, publia, après le vote du 30 mars, un article où il ne craignait pas de déclarer hautement les sympathies de l'Allemagne pour un ministère Ferry.

— Eh bien ! je vous le demande, n'est-ce pas là la plus sanglante condamnation de la politique d'aventures ?

Aussi bien, c'est cette politique qui nous a valu l'entrée de deux cents monarchistes dans la nouvelle Chambre, à la suite des élections d'octobre 1885.

MINISTÈRES BRISSON ET DE FREYCINET

J'ai tenu à insister particulièrement sur le long ministère Ferry, dont la politique de division républicaine, par l'inqualifiable proclamation du « péril à gauche », a été cause de l'impuissance du parti républicain depuis cette époque.

On me permettra de glisser beaucoup plus rapidement sur ses successeurs, dont l'histoire d'ailleurs est si proche de nous que tout le monde se la rappelle aisément. C'est au début de cette nouvelle législature que fut réélu Jules Grévy à la présidence de la République (28 décembre 1885). Ceci dit, je poursuis brièvement l'histoire des douze ministères de Jules Grévy.

Le ministère Brisson (du 6 avril 1885) n'avait dû sa naissance qu'au désir unanimement exprimé par les républicains de voir les élections se faire d'une façon loyale, hors de toute pression officielle. Trois mois à peine après les élections d'octobre 1885, il disparaissait, laissant le souvenir d'un ministère très terne, qui n'avait su que continuer les errements de la politique ferryste.

Il cédait la place à un troisième ministère de Freycinet (8 janvier 1886.)

MINISTÈRE GOBLET-BOULANGER

Ce fut M. de Freycinet qui appela pour la première fois dans les conseils du gouvernement le général de division Boulanger, qui avait été déjà directeur de l'infanterie au ministère de la guerre. On sait que le général Boulanger demeura ministre de la guerre dans le ministère Goblet, qui succéda au ministère de Freycinet le 10 décembre 1886. (Ce dernier était tombé sur la question des sous-préfets.)

Ici nous ne pouvons moins faire que de dire quelques mots des incidents de frontière qui surgirent pendant cette période entre la France et l'Allemagne, et qui eurent pour résultat final la chute du ministère Goblet, dans le seul but — avoué depuis, — de faire tomber du pouvoir un homme que personne cependant n'avait le droit de suspecter dans le parti républicain.

Cet homme, c'était [on l'a deviné] le général Boulanger, dont la présence au ministère de la guerre inquiétait les réactionnaires français et l'Allemagne.

Or, tout républicain de bonne foi doit reconnaître que MM. Goblet et Boulanger, lors de l'incident Schnœbelé, ont bien mérité de la Patrie!

Un journal allemand semi-officieux, la *Post*, qui se publie à Berlin même, publiait, à l'époque que nous rappelons, un article à sensation où il présentait notre ministre de la guerre comme étant le brûlot qui incendierait l'Europe, et où il nous accusait de préparer la guerre « *avec une énergie fébrile* ». Et, comme conclusion à son article, qui avait pour titre : *Sous le tranchant du couteau*, il disait nettement que le seul gage que le gouver hement français pourrait donner de son désir de paix serait de renvoyer dans le rang notre ministre de la guerre.

C'est que l'on n'ignorait pas, à Berlin, les conspirations tramées dans les couloirs du Palais-Bourbon par les opportunistes unis aux réactionnaires, dans le but de renverser le ministre de la guerre. Voilà pourquoi les Allemands osaient demander dans leurs journaux la démission du général Boulanger. Ils n'étaient pas fâchés de désorganiser un peu notre mécanisme militaire, qu'ils savaient en de bonnes mains. Non pas que le général Boulanger fût indispensable — nul homme ne peut se vanter de l'être ; — mais ils le savaient énergique, actif et populaire, ils le savaient républicain ; et le voir remplacer par quelque vieille culotte de peau orléaniste faisait bien mieux leurs affaires.

Dans un article du 3 février 1887, que *la Lanterne* publiait sous ce titre : *Complices de l'étranger*, les menées opportuno-réactionnaires, [qu'un autre journal qualifiait à ce même moment de : *complots devant l'ennemi*] étaient jugées sévèrement.

Cet article se terminait ainsi :

« Tout pour la défense ! » voilà notre mot d'ordre ; et nous pensons que ce doit être le cri de tout bon Français.

« Et qu'on ne vienne pas nous dire, comme l'ont essayé certaines feuilles ardemment royalistes, et modérément françaises, que le gouvernement actuel « constitue un danger ». A ceux-là nous demanderons si le gouvernement n'eût pas été plus dangereux encore qui ne se fût pas préoccupé des nécessités de la défense et qui n'eût rien fait pour être prêt. Nous préférons Boulanger à Lebœuf ; et nous pensons que le seul moyen de n'être pas attaqués, c'est d'être prêts à soutenir l'attaque.

« Ce n'est pas de nous que dépend la paix. Personne dans le monde ne doute de nos intentions pacifiques. Quiconque nous attaquera doit se dire qu'il aura devant le monde entier la responsabilité de l'agression. Mais ceux-là mêmes qui rendront justice à notre loyauté pacifique nous mépriseraient et se détourneraient de nous si nous ne savions pas être forts, si nous ne savions pas être courageux, si nous n'étions pas prêts à nous défendre.

« Nous voulons espérer que, dans les circonstances poignantes du moment présent, les ambitieux les plus incorrigibles, les plus tièdes patriotes, les plus mauvais Français auront le sens moral suffisant pour comprendre que troubler la stabilité gouvernementale à cette heure ce serait se faire le complice de l'étranger. »

Or, tout le monde sait que les opportunistes, unis aux réactionnaires, ne craignirent pas de se faire, comme le disait si bien *la
Lanterne*, les « complices de l'étranger », en renversant bientôt
après, *sous le prétexte hypocrite d'économies budgétaires*, le ministère Goblet-Boulanger.

On peut dire que c'est de ce jour-là qu'a daté *le boulangisme*.

Or, à supposer qu'il y eût des républicains qui eussent le droit
de s'affliger de cette division nouvelle dans le grand parti de la
Liberté, on avouera que ce ne sont pas du moins les opportunistes. Eux qui, par leur vote de coalition avec la droite, ont renversé du pouvoir le premier ministre de la guerre qui avait su,
depuis 1870, par son incessante activité, inspirer de sérieuses
inquiétudes à l'Allemagne, et, par son attitude franchement
républicaine, s'attirer les haines réactionnaires.

MINISTÈRE ROUVIER

Chute de Jules Grévy

Le ministère Rouvier, né d'une entente scandaleuse avec la
Droite, succéda au vaillant ministère Goblet, le 30 mai 1887.

C'est sous ce ministère que se produisirent les scandales de
l'affaire Wilson, qui aboutirent, comme on le sait, à la chute de
Jules Grévy, le 3 décembre.

On sait que le tribunal condamna tout d'abord Wilson *à deux
ans de prison* et 3,000 fr. d'amende.

Cette condamnation sévère et flétrissante impressionna favora-
blement l'opinion publique, justement émue de l'impunité scandaleuse dont avait jusqu'alors bénéficié le gendre de Jules
Grévy. Mais, hélas! bientôt après, la Cour d'appel *acquittait* ce
même Wilson. !!

Dira-t-on que, sous une vraie République, honnête et fière, les
choses auraient pu se passer ainsi ?

Ici, ma tâche se termine, avec l'élection de M. Carnot, par
616 voix, à la Présidence de la République, (4 décembre 1887.

CONCLUSION
Impuissance du Parlementarisme

J'ai voulu exposer succinctement, avec sincérité, l'histoire des douze ministères de Jules Grévy, pour l'édification des électeurs.

De tout ce qui précède, on peut tirer les conclusions que voici :

Le parlementarisme, tel qu'il a été pratiqué ces dix dernières années, engendre tout naturellement les groupes et les sous-groupes, les rivalités entre les personnes, l'impuissance et la stérilité au point de vue des réformes politiques, économiques et sociales.

Tant que le pouvoir exécutif sera dévolu aux tombeurs de ministères, il y aura, par la force même des choses, des syndicats constitués en vue de la curée. D'où, pour nous, nécessité absolue de prendre les ministres en dehors du Parlement.

Les hommes politiques ne sont-ils pas un peu ce que les font les Constitutions ?

Ce serait vraiment miracle que les hommes politiques les plus capables ou les plus habiles ne cherchassent pas un perpétuel bouleversement, alors que leur opposition même leur assure de perpétuelles faveurs et peut avoir pour résultat la possession momentanée d'un portefeuille.

Comment demander à des hommes politiques de s'entendre, alors que leur division leur assure des triomphes successifs, flatteurs pour leur amour-propre et, s'ils tiennent moins à l'honneur qu'à l'argent, très avantageux pour leur bourse et celle de leurs amis ?

Le parlementarisme actuel est une industrie spéciale, où les risques sont si insignifiants, qu'on ne saurait songer à s'en retirer, même après fortune faite.

Aussi les hommes politiques auxquels ce régime hybride a profité pendant dix ans, ne sont-ils guère disposés à y renoncer. Les opportunistes prétendent que leur politique est la meilleure et la plus sage de toutes les politiques : qu'il n'y a absolument rien à changer à l'ordre de choses existant.

Ils affirment modestement qu'ils ont refait l'armée, fondé la liberté, fait les écoles, inauguré les améliorations sociales, voté les mesures réclamées par l'industrie et l'agriculture; qu'ils ont a fait, en un mot, tout ce qu'il est possible de faire pour « le sort des classes laborieuses »; qu'en conséquence, la Constitution qui nous régit est excellente et que tout va pour le mieux dans la meilleure des Républiques.

N'est-il pas véritablement stupéfiant de voir l'assurance satisfaite avec laquelle ces Pangloss de la politique se décernent un brevet de parfaite sagesse?

Et pourtant! voyez les résultats de leur politique! Les questions sociales, jusqu'ici méconnues par eux, de jour en jour s'accumulent, se dressent, menaçantes, et tout le monde avoue que, si elles ne sont pas résolument abordées par un gouvernement courageux, elles pousseront à la révolution un pays fatigué, énervé, écœuré d'une situation sans issue. Le boulangisme est, à cet égard, un symptôme sur le caractère duquel il faut être aveugle et sourd pour ne pas être édifié.

La République de l'avenir

Fort heureusement, les électeurs d'àprésent comprennent une couche nouvelle, intelligente, ardente, formée par l'école et par la caserne. Ils sont vraiment républicains, ceux-là. Déjà leur nombre les rend forts. Ils s'appellent Légion. Ils sont la jeune France. Il faut compter avec eux. Or, leur République, celle qu'ils veulent, ce n'est pas la République des opportunistes. Ce n'est pas la forme gouvernementale dont profitent quelques farceurs. Ce n'est pas l'oppression au bénéfice d'une coterie! Ce n'est pas l'abjection au bénéfice d'un parti, d'une bande. Leur République a le cœur large. C'est la Patrie tout entière. C'est la société formant une seule famille. C'est l'Egalité dans la Liberté. Jeunes hommes, déjà vous tenez l'avenir. Tenez-le bien. Les années sont lentes. Mais à chaque année qui s'écoule votre nombre s'accroît, votre influence grandit. Vous êtes la vérité et vous

êtes la justice. Vous paraissez, et déjà, voyez, les vieilles institutions croûlent !

Ainsi, voyez le Sénat. Ce « grand corps », ce « pouvoir pon-
dérateur », est, au dire des opportunistes, la principale splendeur
de la Constitution.

Occupons-nous en. Ils sont là trois cents qui se proclament
« les gardiens des libertés publiques » ; et, sous prétexte
d'empêcher la Chambre nommée par le suffrage universel de
précipiter le pays dans l'ère des aventures, ils arrêtent au passage toutes les lois que le pays attend.

Aussi le Sénat, pour les opportunistes, est-il un organe nécessaire, indispensable au bon fonctionnement (!) de nos institutions.

Eh bien ! je vous le demande, peut-on être de bonne foi résolument républicain, — (j'entends républicain acceptant toutes
les conséquences de la République, et non pas républicain d'étiquette seulement) — et être en même temps partisan du Sénat ?
du Sénat qui, depuis 1875, a été l'obstacle perpétuel à toutes les
réformes, à tous les progrès, à toutes les lois démocratiques ?

NÉCESSITÉ DE LA RÉVISION

N'est-il pas juste de dire que la troisième République est encore a faire, pour quiconque ne se contente pas de la vanité
d'un titre immérité ?

Voyons, raisonnons un peu.

Qui est-ce qui a fait la République ?

Est-ce une Assemblée républicaine, inspirée d'un souffle ardent
de libéralisme et de progrès ?

Non, personne n'ignore que c'est une Assemblée en grande
majorité monarchique, qui, lassée de voir le pays s'éterniser
dans un malaise trop prolongé, a fini par céder à la voix de
l'opinion publique en déclarant la République le pouvoir légal
de la France. Aussi n'est-ce point franchement, loyalement, que
ces gens-là ont pu faire la Constitution. C'est au contraire avec
mille arrière-pensées, avec l'espoir de renverser un jour cette

même République qu'ils fondaient à contre-cœur, comme malgré eux.

C'est donc dans ces dispositions peu bienveillantes pour la démocratie qu'ils ont élaboré une Constitution hybride, louche et hypocrite, qui pût un jour tenir la porte grande ouverte à une restauration de la royauté. Et d'abord, pour arriver à ce résultat essentiel, ils ont eu l'ingénieuse idée de créer deux Chambres distinctes, élues, l'une par le suffrage universel, l'autre par le suffrage restreint.

De cette façon, se sont-ils dit, à mesure que l'une des deux Chambres votera une réforme, l'autre la repoussera et la remplacera même, au besoin, par une loi rétrograde.

C'est du reste ce qui est arrivé. Chaque fois que la Chambre des députés a voulu faire un pas en avant, le Sénat en a fait un en arrière. Dans le premier moment, on parlait de conflit, de lutte à outrance, on avançait même l'idée radicale de demander la suppression de ce corps politique réactionnaire qui empêchait sans cesse la marche en avant. Puis, les fureurs se calmaient, on écoutait les conseils intéressés de l'opportunisme, et ces mêmes hommes qui avaient à certains moments clamé à bouche-que-veux-tu contre le Sénat, se refusaient ensuite avec plus d'énergie encore à en voter la suppression. Les moins timides — et aussi les plus malins — ont alors demandé l'élection du Sénat par le suffrage universel. C'était en effet le meilleur moyen pour arriver à hâter sa disparition de la scène politique. Car, enfin, si les deux Chambres étaient nommées par le suffrage universel, je vous demande un peu à quoi pourrait bien servir ce pléonasme politique ?

En effet, supposons que le Sénat soit issu, comme la Chambre, du grand scrutin populaire. — A quoi bon, dans ce cas, le conserver ? — Ce serait un non-sens et une absurdité. Car en cas de conflit entre les deux assemblées, laquelle aurait le dernier mot, puisque toutes deux auraient reçu mêmes pouvoirs ?
— Il y a là un dilemme dont on ne peut sortir. — Si les sénateurs sont nommés par le suffrage restreint, ils sont dangereux pour la démocratie, dont ils empêcheront tous les vœux légitimes

d'arriver à leur réalisation légale. Si au contraire le Sénat sort du suffrage universel, il devient dès lors inutile et n'a plus de raison de subsister.

Le dernière heure du Sénat ne saurait donc tarder de sonner, et je suis de ceux qui, pour hâter cette fin inéluctable et nécessaire, ont, depuis longtemps, réclamé énergiquement la Révision.

Tout le monde, ou à peu près, est aujourd'hui d'accord pour demander la Révision.

Tout le monde reconnait que la Révision est nécessaire ; qu'avec le régime parlementaire actuel il n'y a pas de politique de réformes possible.

Et cependant les opportunistes, continuant leur *politique de résistance* au suffrage universel, ne veulent, à aucun prix, entendre parler de la Révision. Ils prétendent attendre. pour réviser la Constitution de 1875, que les monarchistes ne le veuillent plus, et que les boulargistes y renoncent. Drôle de manière de vouloir une réforme, que d'en subordonner l'accomplissement à la volonté d'un parti adverse ou à la fantaisie d'un homme! — Autant dire qu'on n'en veut pas, dût la République en mourir !

Déjà. en 1884. les opportunistes répondaient aux républicains qui demandaient la Révision : «La question n'est pas mûre, et du reste les monarchistes ne manqueraient pas, si nous faisions la Révision, de présenter le fait au pays comme une preuve de l'instabilité républicaine. »

A présent que tout le monde, monarchistes, républicains, boulangistes, demandent à grands cris la Révision, ils nous répondent : « Pardon, du moment que tout le monde la veut, nous n'en voulons plus ! » On ne saurait se moquer plus agréablement du monde.

Un dernier mot à ce sujet.

Quel est donc le républicain qui pensait. il y a quelques années, qu'une sérieuse révision de la Constitution pût se faire autrement que par une Assemblée constituante ?

—Eh bien ! les opportunistes ont l'audace de présenter ce mode de révision comme un procédé quasi révolutionnaire !

La vérité, c'est qu'ils craignent que le pays, loyalement consulté, ne nomme des constituants indépendants qui nous fassent une Constitution réellement démocratique.

Car, pour ce qui est de nommer une majorité de constituants monarchistes, le pays en est parfaitement incapable — les opportunistes le savent bien — malgré tous les déboires, tous les écœurements que lui a infligés, depuis dix ans, leur triste politique.

Je répondrai donc aux opportunistes :

Malgré vous, contre vous, le pays fera la Révision. La parole sera enfin rendue au suffrage universel, qui est seul maître de se tracer lui même une Constitution. Et c'est vous qui, en prétendant le traiter en mineur perpétuel et en voulant lui imposer une Constitution de votre choix, faites œuvre de dictature !

Aux Électeurs Républicains

Si donc, Électeurs républicains, vous voulez sortir en fin du gâchis où nous sommes, si vous voulez sérieusement, — comme moi, — une République libérale et réformatrice, votez pour des candidats révisionnistes, auxquels vous donnerez le *mandat constituant*.

Il faudra bien que le Sénat cède devant l'irrésistible mouvement de l'opinion publique, et finisse par se conformer, tôt ou tard, au vœu si nettement exprimé par le Peuple, de voir réviser intégralement, et dans un sens franchement républicain, le pacte fondamental.

Dictez donc vos volontés à ceux qui seront appelés à composer la Chambre, afin que ceux-ci à leur tour aient l'autorité nécessaire pour les imposer au Sénat.

Mais j'entends des républicains qui me disent : « Comment donc s'y prendront les députés pour *imposer* la convocation d'une Constituante au Sénat ? »

Je répondrai à cela par le récit d'un fait de l'histoire politique contemporaine.

Tout le monde sait qu'après le 16 Mai 1877, le maréchal Mac-Mahon, quoiqu'étant sûr de l'appui du Sénat, n'osa pas dissoudre la Chambre une seconde fois. Et cela, pourquoi ? parce que *tous* les républicains d'alors considéraient cette seconde dissolution comme un attentat à la souveraineté nationale. Et

Gambetta, tout le premier, avait organisé d'avance une résistance que tous les républicains appelaient *légale.*

Eh bien ! je vous le demande, la situation ne se rait-elle pas la même si, devant une Chambre deux fois nommée en majorité révisionniste, avec le mandat constituant, le Président de la République voulait tenter, contre le suffrage universel, le coup devant lequel le maréchal de Mac-Mahon a reculé ?

J'estime, pour ma part, que cette fois la pression de l'opinion serait si grande, que le Sénat serait emporté irrésistiblement par la force du courant populaire.

Mais j'aime à croire que l'honorable M. Carnot, soucieux de remplir correctement et loyalement les fonctions qu'il tient de la presqu'unanimité de l'Assemblée nationale, saurait se rendre à la volonté manifeste du pays, exprimée par ses représentants les plus directs et les plus autorisés.

Votre sort, Electeurs, le sort même de la République est donc entre vos mains.

ÉLECTEURS !

Vous ne voudrez pas continuer, en votant pour des opportunistes déguisés, c'est-à-dire pour des adversaires de la Révision, cette période néfaste qui a vu fleurir, pendant dix ans, *la Dictature opportuniste.*

Votre verdict dira que vous avez assez de ces sceptiques politiques qui ruinent depuis dix ans la France en mettant à profit la fameuse devise de Guizot : *Enrichissez-vous.* Ces hommes là ont remplacé la politique de principes par la politique des *affaires.*

Mais par bonheur, les hommes passent et les idées restent. Vous savez bien que, si la République n'a pas donné tout ce qu'elle eut dû donner ni fait tout le bien qu'elle eût pu faire, c'est qu'on lui a donné un organisme tel que toutes les bonnes volontés étaient paralysées, et toutes les ambitions coupables excitées.

Vous voterez donc pour des candidats sincèrement républicains, qui veulent que la République ne soit pas un leurre et qu'elle évolue sagement, mais sûrement, de façon à donner satisfaction aux espérances légitimes de cet admirable peuple qui a déjà mis dix-huit ans de patience au service de la République.

Vous vous prononcerez énergiquement pour une politique libérale et réformatrice, en votant pour des partisans de la Révision, auxquels vous donnerez le mandat de réclamer la Révision par une Constituante.

Pour moi, quoi qu'il arrive, je tiendrai à honneur d'avoir porté haut et ferme le drapeau révisionniste, que je considère, en ce moment, comme le drapeau même de la République.

FRANÇOIS BONJEAN.

Publiciste

Rédacteur du « *Réveil du Midi* ».

44e Année   République Française   Dimanche 13 Oc

Le Réveil du Midi

RÉPUBLICAIN RADICAL

5   Rédaction   **5**

Administration, Annonces

AVIGNON

12 et 44 place St-Didier

centimes   **centimes**

ANNUAIRE DU COMMERCE ET DE L'INDUSTRIE

DU DÉPARTEMENT DE VAUCLUSE

pour l'année 1889

Cet ouvrage de 1,200 pages environ contiendra, avec les renseignements commerciaux, industriels et administratifs du département, les adresses de tous les patentables pour chacune des 150 communes.

Pour Avignon, il donnera les adresses des commerçants, industriels, fonctionnaires et tous les électeurs inscrits, soit environ douze mille noms qui seront présentés :

1° par ordre alphabétique ; 2° par rue ; 3° par catégorie de profession.

Direction. — 12-14 Place St-Didier — Avignon

à l'Imprimerie spéciale du *Réveil du Midi*

IMPRESSIONS ADMINITRATIVES

et Commerciales

Affiches, Cartes de visite, Factures, Brochures,

Têtes de lettre, etc.

A L'Imprimerie Spéciale du *Réveil du Midi*

Avignon. — 12-14, Place St-Didier